KB120542

# 햇살을 구부리다

시작시인선 0363 햇살을 구부리다

**1판 1쇄 펴낸날** 2021년 1월 18일
**지은이** 송기홍
**펴낸이** 이재무
**책임편집** 박은정
**편집디자인** 민성돈, 장덕진
**펴낸곳** (주)천년의시작
**등록번호** 제301-2012-033호
**등록일자** 2006년 1월 10일
**주소** (03132) 서울시 종로구 삼일대로32길 36 운현신화타워 502호
**전화** 02-723-8668
**팩스** 02-723-8630
**홈페이지** www.poempoem.com
**이메일** poemsijak@hanmail.net



ISBN 978-89-6021-537-5 04810
978-89-6021-069-1 04810(세트)

**값** 10,000원

# 햇살을 구부리다

송기흥

천년의 시작

# 시인의 말

두 번째 시집을 낸다
많이 놀고 쉬면서
천천히 걸어온 길 하나를
내려놓는다

2020년 겨울
송기흥

## 차 례

## 제2부

제3부

## 제4부



## 해 설

# 제1부

## 입춘立春

고흥읍 오일장 입구
노점의 고무 함지에서
손바닥만 한 가자미들이
흰 배를 까뒤집으며 허공으로
팔딱팔딱 솟구쳐 오르고 있었다

스스로를 들어 올려
땅바닥으로 패대기를 쳐대는
무지막지한 놈들이었다 그런데

집에 와서 손질을 하려고 보니
아이고머니!
제 몸의 절반은 됨 직한 알 주머니에 가득 찬
수천만 개의 노란 알들이
흐물흐물 흘러내리고 있었다

결단을 내린 어미의 심정이
거기, 있었던 것이다

## 색色

언제 저런 새순들이 나왔을까?

신록은 어느 날 느닷없이 찾아와서 사람 놀라게 한다

춘삼월春三月 꽃구경이 얼마나 어지러웠는지 정신없었는지

이제야 뭐가 보이는 것 같다

색色을 그렇게 찾아 나섰어야 했는지에 대한 생각

색色이 지나간 뒤에야

색色이 색色으로 보인다

# 풋고추를 분지르다

고추 속에서
고추벌레 하나가
꼬물거리며 나온다
환한 세상이겠다 싶은데, 헌데
녀석들이 어찌 알았을까?

바깥세상이
더 매운 줄

## 고천암호에서

어둑발이 내리는 겨울 저녁답
수십만 마리 가창오리 떼의
한판 쇼를 보고 있으면 저

야외 서커스의 고빗사위를 따라다니며
고갯방아를 찧어대다 보면
야릇한 궁금증이 인다 도대체

누가 저 천둥벌거숭이 문장을
허공에 띄워놓았을까?

감때사나운 고추바람을 가르는
끼끗한 편지 한 통이
수취인을 찾느라 애먼
저녁의 주소지를
뒤져대고 있다

## 배롱나무 아래서

나무 잎사귀가 허옇게
타들어 가서 걱정이라는
절집 어르신 댁에 가봤더니

가지 끝 잎사귀마다
흰 가루를 뒤집어쓰고 오돌토돌

무슨 병치레라도 하는 양
신열들을 앓고 있는 것 아닌가

아서라!
곧 분투奮鬪의 정점에 얹히는
니르바나를 볼지니

## 턱으로 한 방

너무 뜨겁지도 않고
차갑지도 않은 편백나무 탕이
뜨뜻미지근하니 좋았다
나에게 딱 맞는 온도다 싶어
머리만 내놓고 있는데
네다섯 살 꼬마 녀석이
물장구를 치고 노는 게 거슬려
부드럽게 타일렀다
마침 냉탕에서 물안경을 쓰고
수영하는 아이들이 있어 한패려니 하고
턱으로 가리키며 저기 가 놀아라 했더니
아 이 녀석이 저도 턱으로 내 등 뒤를 가리키는 것이 아닌가
턱짓을 따라 돌아보고는 입을 다물었다
그러고는 녀석이 물장구를 치거나 말거나
한 탕에서 쉬다가 나왔다
헌데 내 등이 가린 검정 돌 팻말에 음각된
흰 글씨가 오래 잊히지 않을 것 같다
'어린이 탕'

그래 녀석에겐 비장의 카드가 있었던 거지

턱도 없는 소리 하다가

턱으로 한 방 먹었던 거지

## 나비에게 씌다

머리핀을 어디다 놔두고 툭하면
찾아쌓는 아내와 함께
시골집에 간 다음 날
이른 아침이었다

아내는 텃밭에 가고
혼자 일어나 이불을 개키려는데
웬 낯선 머리핀이 하나
방바닥에 있었다

노란 날개를 살포시 접고
미동도 하지 않는 나비
모양의 그것을 보고
참 예쁜 것도 샀네
꼭 진짜 같네 하고
주우려는데 그때
그 무거운 것이 거짓말처럼
날개를 폈고, 기우뚱!
중심을 잡더니 희번덕거리며
이륙을 하면서 노란 꽃잎들을 마구

뿌려대는 게 아닌가! 하마터면
소리를 지를 뻔한
느닷없는 꽃 벼락에
중심을 잃고 허우적대는 나를
가까스로 일으켜 세운 건 누구였을까

쇠붙이도 미명을 휘젓고 다니는
몽롱한 봄
아침이었다

# 광어

금강산 고성항 횟집에서
광어회를 먹는다

광어는 누구에겐가 짓밟혀
납작, 깔아뭉개진 것 같은 생물

한사코 음식이 되어서도
무채 위에 엎드려
한쪽으로 치우친 검은
두 눈을 끔벅거리며
험준한 생을 읽고 있다

지느러미를 빙 두르고 있다
해안의 철책선 같은

# 아들

삼거리 방앗간 아들은 깨를 볶으면서 뜨거운 것을 몇 번 씩이나 손바닥에 올려놓고 확인을 한다. 너무 볶으면 고소하지만 몸에 안 좋고 적당히 볶으면 몸엔 좋지만 덜 고소하다고 한다 깨가 타지만 않게 해달라고 하는 사이에 탄 냄새가 나서 그만 볶아달랬더니 참기름의 고소한 풍미를 위해서는 더 볶아야 한다면서 아쉬워한다 아들이 법대 출신인데 오십이 넘도록 장가를 못 갔다고 한숨을 쉬던 주인 할머니에게 맛을 봐달랬더니 딱 좋다고 엄지손가락을 치켜세운다 아들이 짠 참기름 맛이라니! 마당의 백구도 꼬리를 흔들며 입맛을 다신다

## 송아지에게서

단호박 일손 부탁을 받고
처가에 간 아내를 태워 올 겸 시골에 갔다
같이 가자는 걸 일 핑계를 대고 다음 날
그것도 해 질 무렵에서야 도착했다
그런데 어제 낳은 송아지에게
젖을 먹이지 않는 어미 소 때문에 걱정이란다
젖을 빨려고 다가가면 뒷발로 차버리곤 해서
형님이 가랑이에 핏덩이를 끼우고 입을 벌려
억지로 분유를 먹이는 걸 보았다
얼마나 모락시럽게 차버리곤 했는지 녀석이
저만치 서있는 어미에겐 다가갈 생각도 않고
형님만 졸졸 따라다니는 것 아닌가! 아예
가랑이로 비집고 들어가려고 주둥이를 들이민다
분유를 먹여 주는 형님을 어미로 생각했는지
형님이 축사에서 나오자 축사 문 앞에
천연덕스럽게 앉아서 기다리는 것이다
그러고는 한참을 단호박 꼭지를 자르다가
다시 와보니 그때까지 태연하게 앉아서
파리를 쫓느라 꼬리를 흔들기까지 한다
태어난 지 하루 만에 세상

쓴맛 단맛 다 보아버려 더 이상
이 세상 뭐 쓰다 달다랄 것도
말 것도 없다는 기색이다
누가 저 태연한 눈빛이 어제 갓
태어났다고 믿겠는가
백 년은 저 신생新生 하루의
연속이지 않은가?
처음으로부터 너무 멀리 와버려
길을 잃어버린 것은 아닌지
송아지에게서 뜻밖의
길 하나를 되짚어
돌아보게 되었다

# 여름 아침

먹이를 문 멧새 부부가
모과나무 가지를 뛰어다니며
안절부절못하고 있다

무슨 일판이라도 난 듯
날개를 파닥거리며 오르락내리락
제대로 울지도 못하고 있다 때마침

뱃구레 불룩한 대 뿌리 하나가
내려서고 있다
바람도 없는데 가만히

고개를 저어대고 있는
대숲 아래로

## 나무 이파리 하나를 붙들고

이것은 누가 벗어놓은 옷일까
한 생의 자국이 여름내
배롱나무 이파리에 붙어있다

어떤 결심이 찢고 나간 듯
등에는 날카로운 칼자국이 보인다

나도 몇 벌의 남루를 벗어두고
흙냄새 풀 냄새로부터
멀리 와버렸지

오래된 흑백의 누더기 하나가
나무 이파리 하나를 붙들고
흔들리고 있다 가까이 와서

자세히 좀 보라는 듯
으슥한 곳으로 나를
불러 세우고 있다

## 생가生家

내가 태어난 이 집도
하세월 견디지 못하고
언뜻 새집 같기도 하지만
오랜 친구 같기도 하다

지금은 대숲이 된 건너 외딴집
어린 친구가
독사에 물려
팔다리를 늘어뜨렸고

어스름 골목에서는
새끼로 동여맨 저녁을 지고
산으로 가는
이웃이 있었다

많은 이름들이 풀꽃이 되고
산이 되었지만 아직도
이곳을 그리워하는 이름들이
수를 헤아릴 수 없다고
수를 헤아릴 수 없는 별들이

허연 머리카락을 쓰다듬는다

너는 누구냐고
여기는 어디냐고 밤새
산짐승의 울음이
담장을 넘는다

## 날짜를 짚다

시골집에 있는데
중학교 동창 모임이 있다고
영준이한테서 연락이 왔다
졸업한 지 반백여 년
어린 까마귀들이
어떤 이순이 되었을까
궁금하기도 하고 설레기도 했다
헌데 하필이면 금 토도 아니고
일요일 저녁이란다
나중에 안 일이지만
불금도 주말도 찬밥이란다
물때에 맞춰 모임 날짜를 잡는대서
고개가 끄덕여지기도 했다
물 들어올 때 배 띄워야 하니까
물때를 잡아야 하는
무강 친구들 떠올라
누런 앨범 들춰 보는데
바람벽 동그라미 친
충혈된 날짜가 되레
나를 짚어보고 있다

# 제2부

## 까치 소리

복음교회 십자가 첨탑에
까치 소리가 얹혔다

그러고 보니
첨탑 끝 십자가 받침대 속에
용케도 들어앉아 있던 둥지가
감쪽같이 사라지고 없다

교회 이름이 바뀌었나 싶더니
둥지를 치운 모양이다

높은 곳에서 뭐라고 하는 무슨
마른 나뭇가지 같기도 하고
희고 검은 헝겊 쪼가리
같기도 한 것들이 멀리멀리
퍼져나가고 있다

## 사로잡히는 새

안데스산맥에 사는 '콘도르'라는 새는 날개 길이가 3미터, 지구상 날 수 있는 새 중에서 몸집이 가장 크다고 한다 머리는 대머리수리처럼 생겼지만 이륙하자마자 거대한 날개를 펴고 기류를 타기 때문에 하루 종일도 날 수 있다고 한다 그런데 안데스 인디오들이 해마다 그들의 독립 기념일 축제에 인디오 대표로 출전시키기 위해 이 새를 잡는데 그 사냥법이 가관이다 태양 가까이 비상하는 새를 잡기 위해 그들은 덫을 놓는 것도 아니고 활을 쏘거나 총을 쏘는 것은 더더구나 아니라고 한다 죽은 송아지 한 마리를 새의 눈에 잘 띄는 산악의 개활지에 놓아두고 며칠씩 지켜본다 길게는 한 달도 기다린다 그러면 어쩌다 거짓말같이 이 새가 내려와서 미끼를 먹는다 마침내 허겁지겁의 시간이 시들해지고 손에 땀을 쥐는 '이때다!' 싶은 찰나의 순간이 오면 잠복 중인 인디오 두 사람이 움막을 박차고 부리나케 달려가서는 맨손으로 한쪽씩 양 날개를 낚아챈다 허기를 채우고 몸이 무거워져 날지 못하는 새의 당황한 눈빛이라니!

한때, 자유를 버리고 삶을 선택했던 그들처럼

# 먼 길

어머니는 생전
종이신 신고 가는 길이
가장 먼 길이라고 되뇌셨다

당신은 종이신은 물론
평소 안 하시던 분칠에
분홍 립스틱까지 짙게 바르고
그 길을 가셨지만

그게 고작
뒷산이다

다음에 만나면
놀려줘야겠다

## 헌화獻花

흰 꽃송이가 누구를 가리켜야 하는지

보여져야 하는지 안겨져야 하는지

고인의 영전에서는 제멋대로의 방향이

이쪽이든 저쪽이든 모두 한쪽을 향하고 있다

생판 낯선 마음들까지도 엉거주춤

그 곁에 가 나란히 눕는다

어쩌다 동행이 된 영정 사진의 이마들처럼

질서가 없는 질서가 있다

슬픔도 위로도 어느 쪽으로든

정돈이 된다 삶도 죽음도

>

전지된 화단의

나무들처럼

# 허공에 낚이다

나이 들어갈수록
믿을 건 남편밖에 없다며
요즘 부쩍 살갑게 다가오는
그녀와 함께
비엔날레 공원에
저녁 운동을 갔는데
게이트볼 구장 귀퉁이 어둑한 곳에
웬 고양이 새끼 두 마리가
고무줄 같은 살가죽을 늘어뜨리며
어슬렁거리고 있었다
순간 나는 장난기가 발동하여 이놈!
하고 다급하게 발소리를 쿵쾅거리며
그놈들을 쫓았다 그런데 한 마리는
슬금슬금 눈치를 보며 줄행랑을 놓는데
다른 한 놈은 도망은커녕 뻣뻣이 서서
나를 빤히 올려다보고 있는 게 아닌가!
꼬리를 치켜세우고 올 테면 와라
어디 한번 붙어보자, 는 서슬 푸른
그놈의 눈빛에 찔리어 나는 그만
엉거주춤 뒷걸음질을 치고 말았다

의외의 반격에 와락! 겁에 질린 찰나의 나를
뒤따라오던 그녀가 결코 놓치지 않았을 터
돌아보니 이미 시치미를 뚝! 떼고
생딴전을 부리는 고단수의 그대여……
만일 그놈이 나에게 덤벼들기라도 했다면
어찌했을 것인가? 그녀의 목전에서 그놈의 발톱에
난자질이라도 당한 것처럼 온몸에
서늘한 소름이 돋았다
그러고 보니 오늘 저녁 아무도
채비를 내려놓지 않았는데
나만 덥석 빈 미끼를
물어버리고 말았다

## 맏며느리

뚜벅, 뚜벅 설 명절의 발소리가 들려올 것도 같은 어느 날이었다. 올해는 두 눈 딱 감고 해외여행이나 가버렸으면 좋겠다고 투덜대는 아내의 투정을 뒤로하고 티브이를 켰다.

키르기스스탄에서는 막내아들이 부모를 모신단다. 사흘 동안 혼자서 집안 결혼식 음식 삼십여 명분을 상다리가 부러질 정도로 장만한 삼십 대 중반의 막내며느리 지르갈벡 씨는 고생한다는 이역 나그네의 말에 괜찮다고 수줍게 웃었다. 그러나 막내며느리로 살아오면서 힘들었다는 속내를 한마디, 두 마디 털어놓으면서 비로소 눈시울이 붉어졌다. 이내 어깨를 들썩이며 눈물을 훔치는 그녀를 하얀 담요를 뒤집어쓴 텐산의 이마가 가만히 내려다보고 있었다.

# 적막을 걸다

콘크리트 벽에 못을 박는다 생판 낯선 곳에 들어가기 싫은지 놈이 이리저리 몸을 피하며 거역의 불꽃을 튀긴다 한참의 씨름 끝에 자꾸만 빗나가는 내 못질이 안타까웠는지 제 몸을 세워 순순히 머리를 대어준다 됐다 싶을 때까지 숫제 대가리를 망치 쪽으로 들이민다 쿵! 쿵! 벽과 천장과 온 집 안이 한통속이 되어 새 식구에게 작은 자리 하나를 내어주는 의식을 치르느라 야단이 났다 착한 짐승이 제집을 찾아 들어가 꼬리를 감추고 앉아 주인의 눈치를 살피듯이 머리를 조아리고 있다 아무 일도 없었다는 듯 벽과 천장과 온 집 안이 뚝! 시치미를 떼고 있다 시끄러운 세상이 언제나 아무 일도 일어나지 않고 조용한 것처럼 뻐꾸기 집에서는 또 뻐꾸기 한 마리가 나와서는 몇 번을 울고는 쏙 들어가 버린다

# 벌교筏橋

언제 시골집 가는 길에
꼬막 정식 한번 맛봐야겠다
삶은 꼬막에 꼬막무침에 꼬막전까지
온통 꼬막으로 시장기를 달래고 싶다
벌교역 역전 어물전 모퉁이쯤
벌교 꼬막 정식이란 허름한 간판이
양철 달그락거리는 소리를 내며
진작부터 나를 기다리고 있을 것 같다
냅다 낡은 유리문을 밀고 들어서면
드르륵드르륵 꼬막 씻는 소리에
꼬막과 꼬막이 부딪혀 서로의 몸에 묻은
뻘을 씻어내는 소리에 낙안 별량은 물론
예당 조성의 골목들까지 환해지고도 남겠다
인고의 세월 견뎌온 패인 골마다
캄캄한 뻘밭의 기억을 깨끗하게 지워버리고
한 그릇 따뜻한 위안이 될 것이다
들그르륵 들그르륵 꼬막 삶는 소리에
부용산 산벚꽃도 피어날 것이다
떠오르는 아침 해가 저녁으로 저녁으로만
고집부리고 가듯이 주걱을 되게 잡고

한쪽 방향으로만 저어야 탱탱한
펄밭의 깊이를 알 수 있다고 하던가?
푸짐한 한 상 남도의 향연을
맛볼 수 있다고 하던가?
언제가 됐든 아는 사람 아무도 없어
늘 건성으로 보고 지나던 벌교에 들러
죄 없이 벌받고 사는 것 같은 세상
꼬막 껍데기 까내듯 엄지손톱을 맞대어
걱정도 근심도 다 까내어 버리고
차르르 차르르 자줏빛 윤기가 도는
펄밭의 향기에 취하여
동강 운대를 달려야겠다

## 입속의 손

삶은 우렁이의 살을
이쑤시개로 빼 먹는데
우렁이의 새끼들이 사각거린다

이놈들이 어미 살을 파먹고
세상에 나온다는데 나와 보면
어미가 끌고 다녔던
빈 껍데기만
횅댕그렁할 것 아닌가

험상궂은 생 하나가

가만히 나를
만지고 간다

## 미운 꽃

밉다, 밉다고 중얼거리다 보니
그대가 아주 밉지는
않다는 생각이 든다

아주 밉지는 않은 그대를 미워, 미워
하고 자꾸 말하다 보니
말하면 할수록 조금만, 조금만
미워한다는 뜻이 되어버린 것 같다

밉다는 말이 시나브로 사랑한다는 말이
되어가는 건 아닐까

미워한다는 말 속에는
무슨 꽃 같은 마음이
말가웃쯤 들어앉아
사알짝 입술을 내밀어
화알짝 꽃잎을 터뜨려 보고 있는
중일 거라는 생각이 든다
꽃 이파리를 살짝 감춘
미운 그대여!

## 소원

메콩델타의 까이랑 수상시장은 새벽 3시부터 장이 서는데 아침 5시, 6시면 절정에 이른다고 한다 수박, 파인애플, 감자, 무 등 갖가지 농산물을 가득 실은 배들 사이로 쌀국수며 커피, 샌드위치를 파는 작은 배들이 용케도 비집고 돌아다니며 제법 시끌벅적한 장판 분위기를 만든다 1킬로미터 거리를 한 시간 걸려 나룻배를 저어 왔다는 흐엉 아주머니는 집에서 기른 호박을 가져와 우리 돈 오천 원을 받았다고 하는데 소원이 무어냐고 묻자 하루 빨리 돈을 모아 나룻배에 작은 모터를 다는 것이라며 텅 빈 치아를 드러내며 환하게 웃었다.

# 신사임당

무슨 횡재라도 한 듯
호들갑 떠는 비명에
나가 보았다 아래채

빈방 장판 밑에 수두룩
누런 신사임당 몇 분이
누워계셨다 그분

돌아가신 지 오 년
며느리는 선물이라고
자기가 쓰겠다고 했다 비녀를

꽂은 쪽머리
그분

## 어떤 정적靜寂

몸길이 3미터에 절구통만큼씩 굵은 몸통의 검은 킹코브라 부부가 아열대의 밀림 계곡에서 한가롭게 노닐고 있는데 어디선가 낯선 손님이 한 분 오셨다 일순, 살생의 정적이 흐르고 이내 결투에 돌입하는 손님과 지아비의 눈빛에 번득이는 독기! 밥주걱처럼 생긴 대가리들을 꼿꼿이 세워 높다랗게 치켜들었다 일생일대 목숨을 건 격전의 규칙은 절대 상대를 물어서는 안 된다 힘으로 깡으로 밀어붙여 굴복시킬 것 피를 흘리기 전에 제압할 것, 드디어 한 식경의 시간이 흐르고 애석하게도 지아비는 꽁무니를 사리고 슬그머니 자리를 피해 준다 안타까운 대결을 지켜보던 지어미에게 난데없는 새신랑의 애무가 다가오고 있었다 하지만 지어미는 좀처럼 곁을 내어주지 않고 요리조리 피하기만 하며 딴청을 피운다 그런데 그렇게 한참을 어르다가 안 되겠다 싶었는지 애간장을 태우던 낯선 신랑의 결심이 돌연 지어미의 목을 물었다 목덜미를 뚫고 나온 독니에선 검붉은 피가 번져 흘렀다 한참을 온몸으로 휘감아 마침내 숨통을 완전히 끊어 놓는다 그러고는 이내 자기 몸통만 한 그것을 머리부터 삼키기 시작한다 두어 자쯤 삼켰을까? 먹잇감이 너무 컸는지 도로 뱉어내고는 왔던 방향으로 유유히 사라져버린다 잠시 후 낯익은 킹코브라 한 마리가 형체를 알아볼 수 없게 널브

러진 시신 쪽으로 슬그머니 다가오고 있었다

계곡물이 소리를 내며
다시 흐르고 있었다

# 어버이날

암컷 사마귀는 교미 후
새끼들의 건강한 발육을 위하여
단백질이 풍부한 수컷의
머리를 먹는다고 한다 그런데
먹고 먹히는 저들의 행태가 심상치가 않다
아무런 저항도 하지 않고 몸을 바치는
수컷과 태연자약 그것을 갉아대는
암컷의 체위를 보면 잔악무도한 패륜을 넘어
그들만의 진지하고도 절실한 어떤 의식인 것도 같아
살며시 다가가서 거들어주고 싶은 생각이 들기까지 한다
날카로운 톱날이 우악스럽게 박힌 앞다리로
서로의 가슴을 껴안고 껴안기는
적나라한 수풀의 현장을 본다
후사를 생각하는 쓸쓸한 마음 한 자락밖에는
아무것도 가진 게 없어 되레 다행스러운
저들에게 삶이란 한갓 사치스러운
치장이 아니겠는가, 언제 어디서고
벗어버려도 좋을 허물이 아니겠는가, 가장
혹독하지만 가장 성스러운 생의
한때를 보내고 있는 저들의 마을에

카네이션 택배를
부쳐주고 싶다

# 제3부

# 목백일홍 아래서

비 갠 뒤 비엔날레 숲길에
연분홍 꽃잎들이 떨어져 있다

그림자처럼 꼭
꽃 핀 나무의 언저리만큼만
꽃 이파리들이 내려와
꽃방석을 한 장 깔아놓았다

가만히 가서 살짝
엉덩이만 망쳐봐도 되려나?
무턱대고 앉았다

멀쩡한 데까지 망쳐버릴
수도 있다는
표지판도 없이

# 빈집

소리 소문 없이 찾아든
새털구름 배 한 척이
주인 없는 빈 마당에
허락도 없이
새소리만 한 짐 가득
부리고 간다

먼 이역의 언어를 실어 나르는
노역꾼들의 이마가
튀어 오른다
톡톡 튄다

## 방심放心

졸업식 동영상을 찍는다고
방송부 아이들이 한마디 해달란다

돌이켜 보면 솨— 하는 소리도 없이
아이들은 바람처럼 왔다
가기를 서른 몇 번 매번
가까운 곳으로 소풍이라도 가듯
웃음소리들은 떠나고 나만
혼자 남는다

한자리에 가만히 있었던 나만
멀리 와버렸다

# 너나들이

시골집 마당귀에
백목련 묘목을 심었는데, 어라!
어느 날 불쑥 자목련이 피었다
마당에 흰 등을 켜댈 꽃송이들의 꿈이 찰나에
자줏빛 허공을 기약하게 되었다
엉뚱한 녀석들 들여다보다 어쩌면
지금 내가 맞이한 봄날 여기는
내가 차지할 자리가
아닌지도 모른다는 생각
내가 나라고 믿고 있는 나도
내가 아닐 수도
내가 목련이고
목련이 나일 수도
내가 너이고
네가 나일 수도 있다는 생각
이런저런 일련의 생각들이
일리가 있어 보인다고 그러는지
번지수를 잘못 찾아
머쓱해서 그러는지
고개를 끄덕이는

목련 곁에서

너와 나의

곁에서

## 비 갠 뒤

구령대 귀퉁이에
얕은 물웅덩이가 생겼다

참새 두 마리가 빗물을 쪼며
물장구를 치고 논다

2차 고사가 끝나고 텅 빈 교정
언제 내려왔는지
교실들도 유리창들을 데리고 와서
물구나무를 섰다

태극기도 발을
담글까 말까
해찰을
부리고
있다

## 작은별 초등학교

수완 택지 지구에 신설된
초등학교 이름이 하필이면
큰별 초등학교이다
장차 큰 별이 될 아이들이 올봄이면
저 교문을 재잘거리며 드나들 생각을 하니
벌써부터 마음이 시끄러워진다
큰 별이 되어 큰 잘못을 저질러
큰 아픔을 주는 사람이 많은 세상
작은 꿈을 야무지게 가꾸어 곳곳에서
있는 듯 없는 듯 반짝반짝 빛나라고
작은별 초등학교라고 하면 좋겠다
오늘은 새해 첫날, 운동장에
얇은 양탄자를 깔아놓은 듯 눈이 내렸다
저 흰 마당에 작은 발자국을 찍으며
뛰어놀 아이들을 생각하니
이름표 밑에 흰 손수건을 매달았던
키 작은 시절로 되돌아간 것 같아
괜히 기분이 좋아진다 머지않아
세상이 크리스마스트리처럼
초롱초롱 눈부시겠다

# 탁란의 노래

앞산 솔수펑이에
메아리로 울리는
결 고운 나의 노래는

쑥대밭, 네 가계에 저지른
죄과에 대하여
시치미 떼는 것 아니다

삶이 벌받는 것이고
생이 죄짓는 일인 줄 안다
그리하여 나의 노래는

색다른 방식의
생의 질서에 대한 일갈이다

무작정 내 편인 나도
나는 두렵다

## 썰물

새하얗게 양치를 하고 나온 칠게들
새빨간 연지 곤지의 농게들
형광빛이 살짝 도는 짱뚱어들의 등지느러미
가느다랗게 햇살을 구부리는 갯지렁이들의 설렘까지
수심의 사생활이 드러났다

곁에는 상시 대기 중인
무수한 펄 구멍들
천적도 천적이지만
깊은 곳에서의
꽃단장

치루를 앓는
지구의
밑구녕

## 누가 주인인지

달포 만에 들른 시골집
청소기를 돌리고
마당에 잡풀을 뽑느라
비지땀을 흘린다 그런데

뒤안 남새밭에서 지붕을 타고 올라간
석류나무 가지를 치고 있는데
말벌 대여섯 마리가 윙윙거리며 위협을 한다
낫질을 멈추고 가만히 보니
처마에 말굽만 한 벌집이 있다

벌교쯤 오면서 생각해 보니
그놈들이 쏘지 않고 시위만 했던 게
기특하기만 하다

잊을 만하면 한 번씩 찾아와
눈도장을 찍어주는 나를
용케도 기억하고 있었기
때문이지 싶다 헌데
가만 생각해 보니 그게

아니지 싶기도 하다

# 들길을 거닐다

추수를 앞둔 먼 들판을
동그마니 바라보고 있는
마을에 들어가 보고 싶었다

열병식 하는 병사들이라도 되는 양
길 양편으로 붉은 맨드라미가
도열하고 있었다

이 열 종대의 대열 안으로
때마침 뭉게구름 두엇이
들어서고 있었던가

도둑질하듯 자줏빛 모가지를
툭툭 끊어서 비닐봉지에 담는
동행을 향하여 동네 개들
대여섯 녀석이 짖지도 않고
고개를 갸우뚱, 쳐다보고만 있었다

작전 나간 부대의 막사처럼
입술을 다문 빈집들만 산탄처럼
때 이른 등불들을
켜대면서 들고 있었다

## 폭력을 감수하다

사람이 시원찮으면
쉬파리가 좆 까고 달려든다더니
아니! 웬 새들이 사람을 공격하나

고래실 공원 산책길에
물까치 두어 마리가
괴성을 질러대며
초광속의 속도로 쫓아오는 게 아닌가

다음 날도 그다음 날도 아예
머리카락과 옷깃을 잡아챌 듯이
나를 할퀴어대려는 통에 혼쭐이 나서
내가 뭘 잘못했나 생각하며
멀쩡한 날 우산을 쓰고 다녔다

그런데 며칠 후 이슬비가 개었는데
공원 입구 소나무 가지에 웬
엉거주춤한 눈망울 몇 점이
고개를 움츠리고 얹혀
있을 줄이야!

## 남향南向
—도화장道化場 생각

산포래구이 꼬쟁이에 감겨 오는
정이월正二月이 신오치 다릿거리
새복 제재쯤에서
몸을 풀었겠다

쭈끼미 빨판에 달라붙는
남도 사투리들이
고무 다라이마다
질펀하겠다

# 크로키

밖에 무슨 기척이 있어
마당 쪽으로
고개를 돌리다가 퍼뜩!
뇌리를 스치는 게 있었다

부리나케 뛰어나갔더니
웬 동네 강아지 한 마리가
마당 한가운데를 가로질러
줄행랑을 치고 있었다 내년
벌초 때 신으려고 토방에 말려둔
젖은 가을 한 짝을 물고 이놈!
하고 소리를 질렀더니 다행히
내려놓고 간다 때마침

마당귀 유자나무에서 참새 떼가
우르르 날갯짓 소리를 내며
사립 쪽으로 쫓아 나간다 서로
제가 잡기라도
하려는 것처럼

>

그걸 또 놓치지 않고 멀리서

내려다보는 흰 웃음보 하나가

입꼬리를 된통 치켜

올리고 있었다

## 유자나무가 있는 집
—남도지오그래피 TV 프로에서

시집이라고 와서 본께 남자가 맘에도 안 들어 도망이라도 가불고 싶은디 옛날 사람이라 어디 핑 단나도 못 해 자석 낳고 살다 본께 시방 이렇게 주저앙즌 고목 등걸이 돼부렀제 오만 삭신이 아퍼서 인자 어디 모실도 못 나가 꾸둘짱 짐머진 구신이나 다름없제 뭐 하고 싶은 것이 많았는디 이날 펭상 땅만 팠제 숭악한 시상 적거 나왔제 저것도 날 탁해서 더럽게 돼부렀어 한나도 딸 것도 없어

시집와서 심었다는 토종
유자나무에 탱자만큼씩이나 작은
유자 알들이 누렇게
등을 켜고 있었다
열매에 무엇에 긁힌
자국들의 더께가
부스럼 딱지처럼
선명하였다

# 제4부

# 목백일홍 곁에서

연지 곤지를 야시꾸리하게
찍어 바른 꽃숭어리들이
간밤의 폭우에도 아랑곳하지 않고
의연하게 입술들을 내밀고 있다

녀석들은 궂은 날이 많은 여름 한철
넉넉한 밀회의 시간을 방구느라
백 일 동안이나 달콤한 벌을 선다고 한다

백 년도 가소로운 나의 그것처럼

# 겨울, 순천만에서

누가 잃어버렸을까?
겨울, 순천만 갈대밭 위에
웬 큼지막한 검정 보褓 하나가
너울거리고 있다 저 혼자 둥글게
말린 홈통이 되었다가 멍석이 풀리듯
반듯하게 펼쳐지기를 수십 번
한 장의 완벽한 생각이 되었나 싶다가
무슨 궁리를 변덕스럽게도 하는지
한쪽 귀퉁이부터 다시 접혀져 올라가
파도타기를 하고 있다
저 수십만의 가창오리 문양이 박힌 보 한 장
하늘 끝까지 숨 가쁘게 떠올랐다가 슬그머니
자세를 가다듬으며 정렬하여 내려오고 있다
오늘의 특설 무대,
공연을 위하여 피나는 연습이라도 하였겠다
보에 새까맣게 박힌 저 검은 점들을 보라!
한 놈도 부딪혀 떨어지는 놈이 없다
일사불란, 완벽한 매스게임이며 카드섹션이다
저놈들은 하나씩의 문양일 뿐이다
그러므로 오리는 한 마리도 없다

귀 기울여 들으면 갈대밭 어디에서
보를 놓친 단발머리 옛날의 누이가 하나
발을 동동 구르며 우는 소리가
들려올 것만 같다

# 효자손

저 사람은 어디가 가려울까?
중학교 2학년짜리 둘째가 수학여행 갔다
오면서 사 온 대나무를 깎아서 만든 효자손
다섯 개의 작은 손가락들 야무지기도 하다
불혹의 고개를 넘으면서 부쩍 등이 가려울 때가 잦다
그런데 하필이면 손이 닿지 못하는 곳이 가려울까?
안 그래도 누가 좀 긁어주었으면 할 때가 있었는데
아내가 긁어도 시원치 않던 곳을 정확하게 짚어
시원하게 긁어주는 효자손 고맙다 아예
몇 개 더 사다 달라고 해서 학교에도 놔두고 차에도 놔두고
등이 가려울 때면 언제든지 허옇게
살비듬 벗겨질 때까지 긁어대고 싶다 근데
이 녀석이 왜 이런 걸 살 생각을 했을까?
밥 먹으면 졸고 잠자고 공부도 안 하는 놈이
과자 사 먹으라고 준 돈 대부분을 엄마 거 형아 거 아빠 거
선물을 사는 데 썼다고 한다 멀리 사는 할머니
옥반지까지 녀석은 식구들 얼굴을 떠올리며
세상 가장 진지한 눈빛으로 기념품 가게를
어슬렁거렸을 것이다 짚어 보면
등만이 아니라 맨손으로는 어찌해 볼 수 없는

가려운 곳이 어디 한두 군데일까? 거기가
어디가 됐든 녀석의 선물을 받고
누군가의 가려운 곳에 대하여 곰곰
생각하는 버릇이 생겨나게 되었다

## 벌떡 까지다

등딱지와 집게발이 돌덩이처럼 단단하여 돌게라고도 하고 벌떡 일어섰다 앉았다 하는 동작이 꼭 무슨 애정 행위를 연상시킨다고도 하여 벌떡게라고도 하는 이놈들이 먹이를 탐내는 까닭에 어릴 때는 단풍가리비의 양식장에서 해찰을 부리기도 한단다 그런데 녀석들이 머리가 좀 커지면 점잖지 못하게시리 단풍가리비의 울긋불긋한 자태에 넋이 나가서는 은밀히 안아보기도 하고 치마 속을 들춰 보기도 한단다 심지어는 단단하게 여문 집게발을 꺼내어 단풍가리비의 몸을 훔쳐버리기도 하여 벌떡게라면 양식 어민들이 자다가도 벌떡 일어선다고 한다 그러거나 말거나 이놈의 벌떡게들의 소행이 수심 속에서만 은밀히 자행되었으면 그나마 다행이었겠다 싶은데 그 소문이 헐레벌떡 수면 위로 기어 올라와 뭍에 사는 벌떡게들의 추억의 무용담을 떠올리게 하는 게 민망하기까지 할 때가 있기도 하다 헌데 어이없는 일은 단풍가리비는 단풍철도 아닌 정이월正二月에 철 이른 봄바람이라도 나서 벌떡게를 수소문하여 찾아 나서기라도 한 걸까 그새 미운 정이라도 들었을까 뭍의 사정을 알 리 없는 이놈들이 뭍에서 기다리는 생판 낯선 벌떡게들의 입에 침이라도 고일라치면 손도 대기 전에 저가 먼저 일단 제 몸을 벌리어 벌떡 까지기부터 한다 석쇠 위의 저 남사스러운 작태를 좀 보라 과역 상회에서 영문도 모르고 기다리고 있을 벌떡게가 보면 어쩌기라도 하려고 벌떡게라면 뭐 다 같은 벌떡게인 줄 아나 보지

때마침 저녁놀이 내려와
고흥읍 오일장 뒷골목
둘러앉은 압시들
불그레한 낯빛을 일일이
가려주고 있었다

## 캄보디아 인상印象

높은 나뭇가지에서
푸른 새들이 울었다
느린 소리들이
손을 벌린 벼 포기들을 흔들고
윗도리를 벗은 검은 아이들이
무작정 물속으로 뛰어들고 있었다
흙먼지가 부옇게 이는 신작로 양편으로는
죽은 지 오래된 주름투성이
고향 마을 사람들이 나와서들
쥘부채를 부쳐대고 있었다
무릎까지 홑바지를 걷어붙인 그들은 그러나
너무 커버린 나를 알아보지 못했다
가도 가도 끝없는 흙 먼짓길엔
표정을 잃은 웬 장꾼들이 한 트럭씩
짐 보따리를 깔고 앉아 어디론가
실려 가고 있었다
오래 묵은 흑백사진들 속에서
낯이 익은 반소매 차림의 아이가 하나
자꾸 눈앞에서 아른거렸다

# 물메기탕을 기다리며

미조횟집 수조에
물메기들의 꼬리가 살포시
아침 추위를 휘어 감고 있다

산란이 다급한 생물들이
눈보라 치는 겨울 한철
먼 바다로부터 남해 연안으로
몰려든다고 한다

즐비하게 내려놓은, 미끼도 없는
빈 통발 속으로 앞을 다투어
들어간다고 한다

산다는 게 때로는 스스로
생의 허방을 찾아 들어왔다는 걸
늦게야 깨달을 수도 있다는 걸
알고 있기라도 한 듯 녀석들이
수조 바닥에 떠억하니 엎드려
이마를 번득이고 있다

## 봄, 국사암

봄나들이가 너무 깊었는지
산나물을 캐러 나서는
공양주 스님이 우리에게서
사람 냄새가 난다고 했다

마당귀에 돌배꽃 보살님이
사람 구경 얼마 만이냐는 듯
환하게 웃음을 터뜨리자

아직 감감 동안거 중이신
감나무 노스님이
돌아앉으며 귀를 막았다

무슨 켕기는 일이라도 있으신지
다람쥐 동자승이 살금살금
발소리를 죽이며 사립께를
아슬랑거리고 있었다

누구랄 것도 없이
어디랄 것도 없이

사람 냄새가
묻어나는 봄
나들이었다

## 화개花開

아름드리 벚나무
만개한 십 리 꽃길의
인파에 휘둘리다 보면
물불 가리지 않는 봄의 폭력에
이따금 발을 헛디딜 때가 있다

금방이라도 불이 번져 타오를 듯
위태롭기만 한 저 꽃잎
한 장 한 장의 실체가 사실은
물이라는 것 얼음이었다는 것

겨우내 얼어붙었던 생각들이
영문도 모른 채 멱살잡이를 당하여
동구 밖으로 끌리어 나와서는
한바탕 포연이 난무하는 전쟁을
치러대고 있다는 것 덩달아

엿장수 방물장수 각설이 타령에 가만히
고개를 끄덕여 보는 나도
양팔을 치켜올리고

엉덩이를 돌려 대는 당신도
얼떨결에 참전 용사가
되었다는 것

물이었던 얼음이었던 시절이
있었기나 했냐는 듯 함부로
용감해지고 있다는 것

## 내장사 극락전

문턱 하나만 넘으면
아무나 들어갈 수 있는
꿈같은 마을이 있다

단풍이 절정이라고 찾아온 곳
한발 늦어서
전어 굽는 냄새만 진동하는 곳
각설이 가위 소리만 짤랑거리는 곳

단풍은 일종의 초록의 다비식
수천수만의 선남선녀들이
장엄한 산사의 장례에
문상을 하고 부의를 한다

유골을 태운 연기가 벌써
서래봉 위에 고즈넉하다

신발만 벗으면 올라설 듯,
허나 저기는
아무나 들어갈 수 없는

꾸며놓은 방일 뿐이다

# 겨울, 미황사

스님이 없는 절이 있나?

대웅보전도 명부전도 없어져 버렸나?

부도밭을 찾아 올라갔지만 헛수고였다

산도, 바다도 헛소문이었다

쌩쌩 바람 소리만 울어 예는 땅끝마을에서

조수석에 자기가 누군지도 모르는

낯익은 퍼머넌트 부처님이 한 분

코를 골고 계시다

# 주롱 새공원에서

모노레일을 타고 다니면서 보는 저
수백 수천 마리의 홍학들이 멀리
날아가 버리지 않고 마치

야생의 바다에서처럼
무리 지어 노니는 모습이 어쩐지 이상하다
했더니 날개의 일부를 잘랐다고 한다

날지 못하는 구속보다는
날지 못하는 자유가 더 나아서일까?

한사코 먼 하늘을 데려와 붉은
페인트를 칠해 놓았다

## 함박꽃

인도네시아 바탐섬의 원주민 마을에서 바나나를 파는 어린아이들을 외면하고 빈손으로 버스에 오르는 사람은 없을 것이다 천 원짜리 바나나를 아무리 안 사려고 해도 끝까지 따라붙어 결국 손에 쥐어 주고야 마는 어린 장사꾼들의 끈질긴 상행위를 어찌할 것인가? 짭짤한 수입을 위해 학교도 빼먹는다는 아이들은 원주민 공연장에서 버스 타는 곳까지 신발이 푹푹 빠지는 진창길 백여 미터를 차지게도 따라온다 한번 눈독 들인 손님은 결코 포기하는 법이 없어 100%의 성공률을 자랑한다고 한다 오죽했으면 우리 집 짠순이 마나님도 시퍼런 바나나 봉지를 흔들어 보이며 어설픈 함박꽃 한 송이를 터뜨려 올리는 것이다

# 멸치

신선도를 위하여 멸치는
건져 올리기가 무섭게
삶는 게 관건이라고 한다

뜨건 물이 펄펄 끓는
가마솥에 들어가기까지
삶이 아니면 차라리
멸종이라도 되어버리고 말겠다는 듯
수백 수천만 마리가 온몸이
흰 머리띠가 되어
결사 항쟁의 공을 굴리다 애석하게도
한날한시에 생을 마감하게 된다

이놈들이 죽어서도 마치
살아있는 것으로 착각이라도 한 듯
건어물전 점포마다 수북이들
몰려 나와서는
못다 한 은빛 생을 반짝이고 있다

괜한 발걸음들을 붙잡고
흥정을 붙여 대고 있다

해 설

# '못다 한 은빛 생'을 위하여

차성환(시인, 문학박사)

송기홍의 시詩는 무미건조한 일상의 세계가 없고 매 순간 충만한 삶의 순간들로 채워져 있다. 그는 일찍이 삶과 죽음을 꿰뚫어 보는 통찰력으로 세상의 살아가는 모든 존재들에 깃든 허무를 감지하지만, 이에 굴복하는 것이 아니라 오히려 이 허무를 넘어서는 생의 강렬한 순간들을 찾아 시 위에 부려놓는다. 그의 시에는 날것의 번득이는 생생함이 가득하다. 생의 의지가 차고 넘친다. 생에 대한 강한 긍정으로 '살아있음'에 대해 사유하고 '살아있음' 그 자체를 기록한다. 뜨거운 삶의 예찬이라 할 만하다.

미조횟집 수조에

물메기들의 꼬리가 살포시
아침 추위를 휘어 감고 있다

산란이 다급한 생물들이
눈보라 치는 겨울 한철
먼 바다로부터 남해 연안으로
몰려든다고 한다

즐비하게 내려놓은, 미끼도 없는
빈 통발 속으로 앞을 다투어
들어간다고 한다

산다는 게 때로는 스스로
생의 허방을 찾아 들어왔다는 걸
늦게야 깨달을 수도 있다는 걸
알고 있기라도 한 듯 녀석들이
수조 바닥에 떠억하니 엎드려
이마를 번득이고 있다

—「물메기탕을 기다리며」 전문

시인은 아침에 "미조횟집"에 갔다가 "수조" 속에서 "추위"를 피하려 몸을 웅크린 듯 "꼬리"를 감고 있는 "물메기"를 발견한다. "눈보라 치는 겨울"의 "산란" 철이 오면 "물메기들"은 "먼 바다"에서 "남해 연안으로/ 몰려"와 "미끼도 없는/ 빈 통발 속으로" "들어간다". 자신의 종족을 번식시키기 위해, 그리고 생의 본능에 따라 충실히 살기 위한 길이 죽음의 막다른 골목에 이르게 한 것이다. 악착같이 살고자 하는 욕망이 "물메기"로 하여금 "횟집"의 "수조"에 갇히게 만든다. 비단 "물메기"뿐만 아니라 우리의 삶도 그렇지 않은가. 강렬한 삶의 욕망은 동전의 앞뒷면처럼 죽음의 그림자를 동반한다. 살아가는 것은 언뜻 보면 생명의 확산과 생성으로 보이지만 생물학적으로는 천천히 죽어가는 소멸의 과정이기도 하다. "물메기들"은 사람의 손에 잡혔다기보다는 일부러 자진해 애써 잡혀온 형국이다. 어리석어 보이기도 하고 슬프기도 한 "물메기"의 생애는 우리 삶에 대한 완벽한 은유가 된다. "물메기"는 "수조" 속에 들어와서야 비로소 "산다는 게 때로는 스스로/ 생의 허방을 찾아 들어왔다는 걸" 깨닫게 되는 것이다. 시인은 "수조 바닥에" "엎드"린 "물메기"의 "번득이"는 "이마"를 바라보며 자신 또한 이들과 마찬가지로 "생의 허방" 속에서 허우적거리고 있음을 깨닫는다. 외면하고 싶은 생의 진실에 눈을 뜨는 각성의 순간이다. 무언가 알 수 없는 환영을 쫓고, 또는 환영에 쫓기며 살아오다가 어느 순간 정신을 차려보면 '나'는 텅 빈 "생의 허방" 속에 사로잡혀 있다는 것을 뒤늦게 알아차리는 것이다. 이 가련한 "생물들"을 어찌할까. 생의 무의미를 이겨내려고 몸부림치는 우리의 삶. 삶은 허망하고 쓸쓸하다. "미끼도 없는/ 빈 통발"과 같이 생生은 텅 비어있고 아무런 의미가 없는 공간이다. 우리는 무의미에 시달리다가 죽음으로 사라지는 존재들일 뿐이다. 시인이 보여 주는 이 예리한 통찰은 그가 삶을 바라보는 특유의, 허무의 감각에서 비롯한다.

그러나 이 허무의 감각은 초월적인 탈속의 세계나 극단적인 허무주의로 빠지지 않는다. 오히려 시인은 이 허무의 감각을 날카롭게 벼려 충만한 생의 순간들을 찾아내는 일에 전심전력을 다한다. 그가 가진 허무의 감각이 자신의 허무를 허물고 강렬한 생의 순간을 향해 몸을 돌리게 한다. 삶이 우리를 속이더라도 삶을 포기하지 않겠다는 정신이 그의 시를 이룬다. "생의 허방"에 갇히더라도 "물메기"의 "번득이"는 "이마"와 같이 삶의 진실을 끝까지 직시하겠다는 각오이다. 자포자기의 상태가 아니라 언제라도 또 다른 "생의 허방"이 눈앞에 있더라도 뛰어들겠다는 생에 대한 강렬함이다.

신선도를 위하여 멸치는
건져 올리기가 무섭게
삶는 게 관건이라고 한다

뜨건 물이 펄펄 끓는
가마솥에 들어가기까지
삶이 아니면 차라리
멸종이라도 되어버리고 말겠다는 듯

수백 수천만 마리가 온몸이
흰 머리띠가 되어
결사 항쟁의 공을 굴리다 애석하게도
한날한시에 생을 마감하게 된다

이놈들이 죽어서도 마치
살아있는 것으로 착각이라도 한 듯
건어물전 점포마다 수북이들
몰려 나와서는
못다 한 은빛 생을 반짝이고 있다

괜한 발걸음들을 붙잡고
흥정을 붙여 대고 있다

—「멸치」 전문

"멸치"는 잡히자마자 "뜨건 물이 펄펄 끓는/ 가마솥에 들어"간다. 조금이라도 "멸치"의 "신선도"를 지키기 위해서는 "건져 올리기가 무섭게/ 삶"아야 하는 것이다. "멸치"는 살아있을 때 "수백 수천만 마리가" 한 몸이 되어 "흰 머리띠" 모양으로 바다를 헤엄치며 장관을 이루었을 것이다. 자유롭게 바다를 항해하는 자신의 삶을 결코 포기하지 않겠다는 듯이, 어떠한 장애물에도 굴복하지 않겠다는 "결사 항쟁"의 자세로 살아왔을 것이다. 그러나 죽음의 그물이 한

꺼번에 덮치고 "멸치"들은 "한날한시에 생을 마감하게 된다". "가마솥"에 삶아져 "건어물전 점포"에 떼로 "몰려" 나온 "멸치"들은 "죽어서도 마치/ 살아있는 것으로 착각"하고 있는 것 같다. 바다에서 햇빛에 눈부시게 반사되던 "멸치"의 "은빛"이 뭍 위에서도 "반짝이고 있"기 때문이다. 그것은 망망대해에서 꿈꾸던, "멸치"의 "못다 한 은빛 생"이다. 그 "은빛"에는 "멸치"가 헤엄쳐 온 바닷길에서 마주한 물결과 햇빛과 바람이 고스란히 담겨 있다. "멸치"의 생애는 햇빛에 반사되는 "은빛"만큼이나 강렬하다. "멸치"는 죽음도 넘어서는 강렬한 생의 화신化身이다. 자신의 삶을 사수하기 위한 "결사 항쟁"의 정신은 죽어서도 꺾이지 않는 "은빛"으로 현현顯現하여 생생한 삶으로의 의지를 드러내고 있는 것이다.

우리는 살아있는 존재들이지만 평소에는 '살아있음'에 대해서 쉽게 외면한다. 죽음에 직면하고 나서야 뒤늦게 이 '살아있음'에 대해 생각한다. 송기흥 시인은 우리가 무의미하게 흘려보내는 시간들 속에 숨겨진 어떤 날것의 이미지를 끄집어낸다. '멸치'와 '물메기'와 같은, 말 그대로 "생물들"(「물메기탕을 기다리며」)에 대한 치밀한 관찰을 통해 '살아있음' 그 자체를 사유한다. "생물들"에서 번득이는 생의 의지를 읽어내고 있는 것이다. 이 "생물들"은 무감각한 일상에 길들여져 있는 자신을 일깨우고 생명이 가진 근원적 힘을 환기시킨다. 우리가 지금까지와는 다른 삶을 살아낼 것을 종용한다. 시인은 자신의 주변에서 벌어지는 소소한 일상들에 주목한다. 대단한 사건들로 채워진 일상은 아니지만 자신의 생각과 감정에 따라 충실하게 살아내는 것만으로도 인생은 그 자체로 빛이 난다. 그는 생의 허무를 가로질러 일상의 소중함을 깨닫고 그 속에서 떠오르는 생각과 감정의 편린을 기록한다. 『햇살을 구부리다』에는 이러한 발견과 사유의 과정이 고스란히 담겨져 있다. 주변에서 일어나는 일들을 허투루 보지 않고 매사 세밀한 관찰을 통해 삶의 진리에 조금씩 다가간다. 도道를 깨우치기 위해 수행하는 자와 같이 우리 삶의 한복판에서 '살아있음'이라는 화두를 붙들고 한 발자국씩 나아가는 것이다.

나무 잎사귀가 허옇게
타들어 가서 걱정이라는
절집 어르신 댁에 가봤더니

가지 끝 잎사귀마다
흰 가루를 뒤집어쓰고 오돌토돌

무슨 병치레라도 하는 양
신열들을 앓고 있는 것 아닌가

아서라!
곧 분투奮鬪의 정점에 얹히는

니르바나를 볼지니

—「배롱나무 아래서」 전문

어느 날 시인은 "절집 어르신"의 호출을 받는다. "배롱나무"의 "잎사귀가 허옇게/ 타들어" 간다는 것이다. 가서 찬찬히 들여다보니, "가지 끝 잎사귀마다/ 흰 가루를 뒤집어" 쓴 그 모습이 "무슨 병치레라도 하는 양/ 신열들을 앓고 있는 것" 같다. 이는 "배롱나무"에 흔히 생기는 흰가루병으로 보이는데, 치료법이나 구제법을 내놓을 것이라는 예상과는 다르게 전혀 걱정할 필요 없다며 소리친다. "아서라!" 그것은 갑자기 벼락을 맞은 것처럼 진리를 깨닫는 '돈오頓悟'의 순간에 비견된다. 시인은 "배롱나무"에게서 해탈의 징후를 발견한다. 있는 힘을 다해 싸우는 "배롱나무"의 "분투奮鬪" 끝에 피어날 꽃잎("니르바나")을 예견하고 있는 것이다. "배롱나무"가 "병치레"와 "신열"로 격해지는 모습은 온몸에 "병"이 가장 극심하게 전파된 상태이면서 동시에, 살아있는 생명이 온몸의 면역체계를 발동시켜 "병"에 대항해 생명력을 분출시키는 상태이기도 하다. 이 통증은 '나'의 '살아있음'을 더 강렬하게 드러내는 증표가 된다. "병치레"와 "신열" 없이는 도달할 수 없는 "니르바나"의 경지가 여기에 있다. 죽음과 같은 "병치레"와 "신열"의 관문을 통과해야지만 "배롱나무"는 나뭇가지에 꽃송이들이 폭죽처럼 터지는 "니르바나"에 이를 수 있다. 시인은 온몸으로 앓고 있는 "배롱나무"에게서 생의 치열한 "분투奮鬪"를 발견하고 삶과 죽음이 다르지 않으며 한 몸에 있다는 것을 깨닫는다. "배롱나무"에게 "니르바나"는 생의 씨앗들이 발아해서 꽃송이들로 터져 나오는 절정의 순간이다. 일체의 모든 속박을 끊어내고 존재의 생명력이 있는 그대로 분출하는 순간이다. 이러한 깨달음에서 시인은 자신의 일상에서 충만한 생의 감각을 되살리려고 한다. '살아있음'을 온전히 감각하는 생의 순간을 일깨우는 것이다.

우리는 모두 "가장/ 혹독하지만 가장 성스러운 생"(「어버이날」)을 살아간다. "배롱나무"와 같이 "신열"을 앓으면서 언젠가는 "두 눈을 끔벅거리며" 자신의 "험준한 생을 읽"(「광어」)어야 할 시간과 마주하게 될 것이다. "삶이 벌받는 것이고/ 생이 죄짓는 일인 줄 안다"(「탁란의 노래」). 그렇다면 이 "험상궂은 생"(「입속의 손」)의 굴레에서 벗어나려면 어떻게 해야 할까. 삶이 주는 어떠한 고통도 감내하면서 온몸으로 살아내겠다는 의지는 새로운 삶의 자세를 열어준다. 시인은 "금방이라도 불이 번져 타오를 듯/ 위태롭기만 한 저 꽃잎"(「화개花開」)에 기대를 걸고 생의 무한한 가능성을 노래하고 있는 것이다.

> 언제 시골집 가는 길에
> 꼬막 정식 한번 맛봐야겠다
> 삶은 꼬막에 꼬막무침에 꼬막전까지
> 온통 꼬막으로 시장기를 달래고 싶다
> 벌교역 역전 어물전 모퉁이쯤

벌교 꼬막 정식이란 허름한 간판이
양철 달그락거리는 소리를 내며
진작부터 나를 기다리고 있을 것 같다
냅다 낡은 유리문을 밀고 들어서면
드르륵드르륵 꼬막 씻는 소리에
꼬막과 꼬막이 부딪혀 서로의 몸에 묻은
뻘을 씻어내는 소리에 낙안 별량은 물론
예당 조성의 골목들까지 환해지고도 남겠다
인고의 세월 견뎌온 패인 골마다
캄캄한 펄밭의 기억을 깨끗하게 지워버리고
한 그릇 따뜻한 위안이 될 것이다
들그르륵 들그르륵 꼬막 삶는 소리에
부용산 산벚꽃도 피어날 것이다
떠오르는 아침 해가 저녁으로 저녁으로만
고집부리고 가듯이 주걱을 되게 잡고
한쪽 방향으로만 저어야 탱탱한
펄밭의 깊이를 알 수 있다고 하던가?
푸짐한 한 상 남도의 향연을
맛볼 수 있다고 하던가?
언제가 됐든 아는 사람 아무도 없어
늘 건성으로 보고 지나던 벌교에 들러
죄 없이 벌받고 사는 것 같은 세상
꼬막 껍데기 까내듯 엄지손톱을 맞대어

걱정도 근심도 다 까내어 버리고

차르르 차르르 자줏빛 윤기가 도는

펄밭의 향기에 취하여

동강 운대를 달려야겠다

—「벌교筏橋」 전문

「벌교筏橋」는 시인이 품은, 삶에 대한 싱싱한 활력이 느껴지는 시이다. "시골집"을 오고 갈 때 지나치기만 했던 "벌교"에 언젠가는 꼭 들러 "꼬막 정식 한번 맛"보겠다는 소원은 탱탱하고 속이 꽉 찬 "꼬막"처럼 크게 부풀어 있다. "꼬막"에 대한 기대는 희망과 따듯함으로 가득 차있다. "꼬막" 한번 맛보는 것이 세상을 구하는 일보다 우선이다. 아니, 맛있는 "꼬막 정식"이 한 인간을 구하고 세상을 변하게 한다. 우리가 가진 생의 허기는 반드시 이 시에 나오는, "벌교역 역전 어물전 모퉁이쯤/ 벌교 꼬막 정식이란 허름한 간판"을 내건 식당에 가서 "삶은 꼬막에 꼬막무침에 꼬막전까지/ 온통 꼬막으로" 배를 채워야지만 달래질 것 같다. "벌교"의 허름한 식당에서 "꼬막 씻는 소리"가 저 멀리 퍼져나가 "낙안 별량"과 "예당 조성의 골목들까지 환해지"게 만들고 "꼬막 삶는 소리에/ 부용산 산벚꽃도 피어"나는 놀라운 기적이 여기에 있다.

송기흥 시인은 "꼬막"의 껍질을 까듯이 우리를 괴롭힌 역사와 인생의 질곡을 벗어던지자고 말한다. "꼬막 껍데기 까내듯 엄지손톱을 맞대어/ 걱정도 근심도 다 까내어 버"릴 것을 주문한다. 지금까지 헤쳐 나온, 그 말 못 할 "인고의 세월"과 "캄캄한 펄밭의 기억을 깨끗하게 지워버리"고 이제는 새로운 삶에 대한 희망을 갖고 살아야 한다. "죄 없이 벌받고 사는 것 같은 세상"이 눈앞에 버티고 있지만 생生으로 탱글탱글하게 알찬 "꼬막" 맛을 본다면 우리는 전혀 다른 세상을 살 수 있을 것이다. "걱정"과 "근심"으로 가득 찬 세상을 뒤로하고 우리는 "펄밭의 향기에 취"해 마음껏 "동강 운대를 달"릴 수 있을 것이다. "꼬막"을 씻고, 삶아, 껍질을 까는 이 일련의 작업들은 곧 내 몸과 마음에 찌든 세상의 더께를 깨끗하게 씻어내는 일이다. "죄 없이 벌받고 사는 것 같은 세상"을 이길 수 있는 힘이 이 "꼬막" 속에 있다. "꼬막" 하나로 우리는 스스로를 옭아매는 고통스러운 기억과 무미건조한 일상에서 벗어나 생의 무한한 해방과 자유를 경험할 수 있는 것이다. 나는 "벌교"로 달려가야겠다. 이 시에 나오는, "벌교역" 어느 "허름한 간판"의 식당을 찾아가 "꼬막"으로 채워진 "한 그릇 따뜻한 위안"을 기쁘게 받아들 것이다. 「벌교筏橋」를 읽고 나면 가슴속이 뻥 뚫린 것처럼 시원하고 통쾌하다. "꼬막" 하나로 이렇게 맛깔스러운 시詩를 내어놓을 수 있다니.

그의 시에는 충만한 삶의 감각이 있다. 자신의 삶과 주변 사물들에 대한 애정이 가득하다. 소소한 일상을 지키고 영위하는 시인의 모습은 성실하고 듬직하다. 누군가 사는 일이 온통 "죄 없이 벌받고 사는 것"으로 느껴지고 무언가에 쫓기듯이 몸과 마음이 시들어가고 있다면 이 시집을 권하고 싶다. 『햇살을 구부리다』는 생의 허기에 시달리는 우리에게 건네는 "한 그릇 따뜻한 위안"(「벌교筏橋」)이다. 더할 나위 없이 충만하고 아름다운 삶의 순간들이 바로 우리 곁에 있다는 것을 새롭게 깨닫게 될 것이다.